Mes secrets d'écrivain

L_ÉCRITOIRE, une marque de Sodi-Art Éditions

Domaine de Pelus,
17 rue Archimède, 33691 Mérignac cedex

ISBN : 978-2-383-65000-3

ALEXANDRE JARDIN

MES SECRETS D'ÉCRIVAIN

Lettre à une future romancière

L_ÉCRITOIRE

Du même auteur

À paraître

La Plus-que-vraie, Albin Michel, 2021

Romans

Française, Albin Michel, 2020

Le roman vrai d'Alexandre, L'Observatoire, 2019

Double-cœur, Grasset, 2018

Ma mère avait raison, Grasset, 2017

Les nouveaux amants, Grasset, 2016

Juste une fois, Grasset, 2014

Mes trois zèbres, Grasset, 2013

Joyeux Noël, Livre de Poche, 2013

Des gens très bien, Grasset, 2011

Quinze ans après, Grasset, 2009

Chaque femme est un roman, Grasset, 2008

Le roman des Jardin, Grasset, 2005

Les coloriés, Gallimard, 2004

Mademoiselle liberté, Gallimard, 2002

Autobiographie d'un amour, Gallimard, 1999

Le Zubial, Gallimard, 1997

L'Île des Gauchers, Gallimard, 1995

Le petit sauvage, Gallimard, 1992

Fanfan, Flammarion, 1990

Le Zèbre, Gallimard, 1988

Bille en tête, Gallimard, 1986

Essais

Laissez-nous faire ! On a déjà commencé,
Éditions Robert Laffont, 2015

1+1+1... = *une révolution*, Grasset, 2002

Lire pour vivre, Robert Laffont, 2000

AVANT-PROPOS

Chère future romancière,
Chère amie qui a la folie d'écrire,

Laisse-moi t'appeler ainsi puisque je tiens en amitié celles qui s'autorisent à frapper à la porte de la littérature. Ce toc-toc-la m'émeut. Laisse-moi également te tutoyer puisque nous allons causer en oubliant le bal masqué de la vie sociale. Échappons à cette débilité.

Pourquoi m'adresser à une romancière et non à un romancier ? Sans doute parce que je me tourne toujours vers une femme lorsque je noircis du papier. Parler à mon sexe m'inquiète, comme si je craignais l'incompréhension, une froideur d'accueil. Mais si vous avez la disgrâce d'être un homme, je vous le pardonne bien volontiers[1]. Personne n'est

1 Je m'aperçois à l'instant que, m'adressant aux hommes, je me mets aussitôt à vouvoyer...

parfait. Et puis mes réflexions sur le métier d'écrire, ou plutôt l'artisanat littéraire, restent unisexe.

Ma prédilection va vers le roman mais les secrets, méthodes et pauvres conseils d'écrivain que je vais vous livrer ici me paraissent valables pour toutes les catégories de textes : pièce de théâtre hardie, scénario de film glaçant, essai brûlant, biographie bombe, bandes-dessinée cavalante, livre pratique fiévreux, de cuisine addictive, que sais-je encore. Au fond, il s'agit toujours de raconter une histoire qui change la vie du lecteur, en étant soi plus qu'il n'est permis en société.

Un livre réussi reste une liberté chapardée, un banco personnel, une escapade au pays de la sincérité – belle ou malaisante.

« Un livre réussi reste une liberté chapardée »

Un livre qui te change est toujours la rencontre avec quelqu'une : l'auteure qui, l'espace d'un récit courageux, consent à être elle-même par écrit.

Cette lettre ne prétend pas être davantage qu'une aide fraternelle pour te questionner sur son texte. Écrire, c'est s'interroger longtemps sur ce soi qui nous échappe. Que tu le veuilles ou non, tu es ce qui t'inspire. C'est donc faire une grande dépense d'authenticité. Partageons nos fièvres, n'ayons pas le plaisir solitaire.

Très jeune, le destin a fait débouler dans ma vie pressée deux éditeurs d'exception tendres, fantaisistes et démentiellement libres. Françoise Verny a illuminé mes vingt ans et Jean-Paul Enthoven, dit Dizzy, ma quarantaine. Ces deux-là m'ont fait gagner des années.

Tout le monde n'a pas la chance de rencontrer de tels accélérateurs talentueux. En lisant cette lettre, tu accéderas au murmure de leurs conseils qui ont galvanisé mon imagination. Grâce soit rendue à leur folle générosité. Mes vingt-cinq premiers ouvrages doivent beaucoup à leur intérêt joyeux pour mes rêves naissants. Les vingt-cinq prochains garderont leur empreinte.

Un beau jour que je circulais sur les rives du fleuve Saint-Laurent, on me proposa de donner une « Classe de Maître » dans une bibliothèque de la ville de Québec. La formule a de quoi faire sourire. Maître de quoi ? me suis-je alors demandé. Hâtivement, avant de m'exécuter avec vanité, j'ai rassemblé quelques notes. Elles inspirent la lettre prétentieuse que tu tiens entre tes mains. Puis, lorsque les libraires de Cultura se lancèrent dans la création d'un immense Atelier d'Écriture aux quatre coins de nos régions, je les ai relues et mises en forme pour plus de commodité. Avec le rêve de faire parvenir jusqu'à toi l'intelligence de Dizzy et les grognements de Verny qui, dans les vapeurs d'un éthylisme inspiré, m'appelait chéri.

Si tu veux assurer ta tranquillité, referme tout de suite cette missive. Devenir soi en écrivant doit rester un risque majeur, une façon efficace de se fâcher avec son entourage ou ses ex, un inconfort revigorant mais radical. Tout écrivain accompli est un emmerdeur, un dynamiteur de sérénité publique, un poseur de bombes familiales.

« Devenir soi en écrivant doit rester un risque majeur »

Avec une assurance ridicule dont je me croyais dépourvu, je vais d'abord te détailler vingt secrets d'écrivain, puis sept idées pour écrire mieux ou disons moins mal. Enfin, bombé d'orgueil grotesque, je te livrerai quelques conseils pour non pas *écrire* mais devenir écrivain, ce qui n'a rien à voir. J'entends par là que l'on refonde son être en inscrivant à jamais en soi le réflexe vital de ne pas laisser au monde réel le dernier mot. Sa bêtise infinie ne peut être vaincue que par les livres qui soutiennent une époque. Écrire n'est pas un verbe qui modifie une page blanche, écrire modifie ton être et, parfois, le fait accoucher de lui-même en changeant le monde. On naît d'abord d'une femme puis, parfois, de son clavier. Un bon livre arrache l'écorce de soi.

Si en terminant cette lettre qui a de la température, elle ne te semble d'aucune utilité, aie l'intelligence de la brûler ! Et oublie vite mes élucubrations de plumitif un peu crâneur... Je l'assume, car tout texte qui tient ses promesses est un acte d'orgueil. Pour écrire, parie sur tes défauts ! Peut-être que cela s'appelle le courage.

PREMIÈRE PARTIE

VINGT SECRETS D'ÉCRIVAIN

Secret numéro 1

ÉCRIS PARTOUT, TOUT LE TEMPS

Quand, où et comment écrire, mon amie ? À quel rythme faut-il écrire pour s'approprier un texte ? Faut-il s'isoler dans un hermitage à la campagne ? et consacrer du temps tranquille afin d'entrer dans le vif du sujet sous des frondaisons propices à l'inspiration ? Doit-on écrire au stylo ou sur un ordinateur ?

Ces questions crétines[2] n'ont qu'un objet : retarder l'instant de l'écriture. Écrire, c'est comme respirer. L'affaire est biologique. Écris tous les jours où que tu sois.

---

2 Pardonne mes rudesses. Je ne prendrai aucun gant de velours dans cet opuscule. Causer d'écriture ne peut se faire avec un excès de précaution. Il s'agit d'ouvrir le sujet à cœur ouvert, d'éviscérer la question... sans anesthésie, si possible.

Il est essentiel que l'écriture soit mêlée à ta vie, qu'elle soit nourrie des inconforts odieux mais nourrissants de ton sort. Deviens écriture, deviens ton livre, quel qu'il soit. Prends des notes tout le temps, en allant au cinéma, en lisant à la plage, en giflant un homme, en prenant le métro, en faisant l'amour. L'écrivaine en toi est ce qui encaisse la vie, ce qui l'absorbe pas ce qui s'en prémunit. Écrire, c'est s'exposer. C'est tirer profit au maximum de la plaque photographique ultrasensible que tu es, ou plutôt que tu aimerais être. À quoi ? Au vivant de ta vie, pas à sa sottise ou à ses contrefaçons.

« Écrire, c'est s'exposer »

Fais corps avec ton écriture. Écris sur un ordinateur, l'application d'un téléphone, un mur de prison ou un cahier, cela n'a aucune importance si tu es présente dans ton style.

Ma deuxième conviction est que les gens qui disent : « pour écrire, il me faut telle ou telle condition, je le ferai plus tard » sont des fuyards qui fabriquent des alibis. Des misérables. Des fourbes qui se paient de mots. Et je sais de quoi je parle, cela m'arrive – comme toi – de sécréter des justifications à ma lâcheté ! Et de ce côté-là, j'ai du talent ! De l'invention pour me dérober au courage de juger ma médiocrité, ce que personne n'apprécie. Pas plus moi que toi : ÉCRIS ICI ET MAINTENANT ! Écrire est une manière d'être présent au monde, pas de s'en abstraire. Tout le reste n'est que littérature.

Secret numéro 2

CHOISIS LA LIBERTÉ QUE TU TE DONNES

Quand tu écris, de quoi te donnes-tu le droit ? Quelle liberté t'accordes-tu ? Cette question est essentielle.

Quand nous prenons la plume, nous devons attendre quelque chose d'énorme de l'écriture. Ouvre cette fenêtre sur l'inespéré. Il ne s'agit pas de noircir du papier qui sera ensuite vendu en librairie. Il s'agit d'agrandir la liberté des femmes et des hommes. L'horreur, c'est d'écrire un livre où l'on ne se donne pas le droit de quelque chose d'important, de décisif pour soi et notre espèce.

Je t'invite donc à prendre le temps d'éclaircir ce qui est vital pour toi dans l'écriture. Avant de poser tes mains sur ton clavier ou d'investir soixante-quinze centimes dans un Bic, choisis quelle femme libre tu entends devenir par ce texte ?

J'ai la chance d'être le fils d'un écrivain turbulent, dionysiaque et doué – Pascal Jardin – qui fut d'autant plus présent dans ma jeunesse qu'il mourut tôt, l'année de mes quinze ans. Sa liberté inouïe m'a été léguée gratuitement. Son fantôme incarnait le droit d'oser crier ce qui ne se dit pas, de chanter ce que l'on tait normalement. Je savais par son hyper présence diluée dans l'air qu'on a le droit d'être, qu'il est licite de parler vrai sans le moindre filtre et de faire chier le monde en imprimant des livres.

Mais toi qui as sans doute des parents serrés dans des contingences matérielles, garrotés par le réel difficile (ou qu'ils croient difficile) et comprimés par mille trouilles, tu ne sais pas forcément jusqu'à quel point tu as le droit, en écrivant, de saccager les liens qui te limitent. Tu ignores peut-être que la littérature est cet espace essentiel pour l'âme humaine d'extrême liberté.

Sache une bonne fois pour toutes – avant que je me fâche – que la littérature est le lieu magique où le cerveau doit sortir de sa cage.

Si tu ne le vois pas, tu négliges la fonction essentielle de la littérature. Alors referme vite ces pages téméraires, rebouche ton stylo et continue à jouer des rôles rassurants. Et je t'en supplie, brûle vite ce petit livre qui t'entraînera là où tu ne veux pas aller : dans un pays sans barreaux pour la psyché. Inscris-toi dans un parti politique qui borne l'audace mentale, adhère à une ligue de pensée, écoute la télévision calibrée, obéis à tes pétoches légitimes et fais-toi interdire de bibliothèque comme on se fait interdire de casino.

« La littérature est le lieu magique où le cerveau doit sortir de sa cage »

Mais si l'exploration sans limite de ton âme t'intéresse, pose-toi cette foutue question inconfortable : quelle liberté te donnes-tu en écrivant ? Que vas-tu te permettre sans le moindre frein ? Autant je suis convaincu qu'en matière d'idées il faut avoir le courage de la nuance autant je crois que dans un roman il faut avoir l'intelligence d'être entier.

Le roman est le lieu du cœur, pas de l'intellect.

Je me suis donné le droit de réparer le réel depuis l'âge de vingt ans en publiant des livres. Quand j'écris, je me répare de tout. Pour l'orphelin de père que j'étais, et que je suis sans doute, c'était la seule façon que j'avais trouvé d'atterrir dans le réel, de le réagencer afin que mon cœur en souffre moins. C'est ainsi que j'ai appris à séjourner dans une vie admissible et que je parviens toujours à supporter la bêtise du monde. Ainsi que la disparition amère des êtres aimés.

« En écrivant, séjourne dans une vie admissible »

Au décès honteux de mon père[3], j'ai choisi la légèreté en écrivant, la joie à l'emporte-pièce face au réel abrupt. Et j'ai commencé à écrire mes premières vraies pages, car il était mort. Je me suis octroyé le droit salvateur de la légèreté dans un moment d'asphyxie.

Écrire est le seul type d'expérience religieuse que j'ai jamais eu, une conversion lente à la Joie alors que mon cœur de Jardin était,

3 C'est honteux d'imposer sa mort à ses enfants. Je ne décolère pas depuis mes quinze ans. Ce point de vue d'enfant, incapable de saisir la gravité de sa maladie, me hante encore.

et est souvent, fondamentalement triste. Je ne me suis hélas jamais remis de ma peine d'être plongé dans un monde déceptif où l'amour est fragile, souvent égoïste, parfois sadique avec frivolité. Se moquant bien de mes besoins d'enfant, mon père a fait le choix de brûler sa vie et de partir tôt, faisant de moi un jeune abandonné.

En écrivant, je me donne toujours la liberté de contester le monde. Je récuse sa méchanceté, sa bêtise, sa futilité. Je me donne l'énorme droit de parler légèrement de tout ce qui me tue, pour respirer. Muni d'un stylo, j'ai tout à coup le droit irréfragable de donner le sourire à mes chagrins indélébiles. Je ne me freine plus dans mon idéalisme ample, quel que soit la réalité qui me mord.

Entre la première et la dernière ligne d'un manuscrit, je fais un gigantesque bas d'honneur à mon époque cynique, aberrante et dépourvue de valeurs hautes.

Moquera-t-on mes libertés ? Je m'en contre-fiche. Tâche d'en faire autant. Trouve le moyen de sauver ta peau avec un clavier. L'écriture est le moyen le moins cher de se sauver de ses peines.

Et pose-toi deux questions fondamentales :

– Si j'arrête d'écrire ce livre qui me tient éveillée la nuit, ma vie est-elle encore supportable ?
– Si je publie ce livre, serais-je une femme plus remplie de vie ?

Secret numéro 3

N'ÉCRIS QUE CE QUE TU ES LA SEULE AU MONDE A POUVOIR ÉCRIRE

Affirme la radicalité de ton regard, la singularité de tes opinions cactus, de tes certitudes pénibles, de tes malaises incurables ; ne t'égare pas dans des textes moelleux et sympathiques qu'une autre personne aurait pu écrire à ta place.

Ne creuse que tes sillons. Arides ou tendres. N'ÉCRIS RIEN D'AUTRE, même si tu pourrais rédiger bien des choses, ou je te méprise définitivement[4]. On n'a pas le droit de gâcher son être.

Tu es la seule personne sur le globe à pouvoir faire exister ton regard, faire retentir

---

4 Tu étais prévenue. Parler d'écriture, c'est parler du feu avec le feu.

ta voix singulière, ta puissante vérité. C'est ce qui légitime l'existence d'un livre. Crois en ta folie unique. Révoque les points de vue flottants, fades ou tranchés de tes contemporains.

Quand René Goscinny eut l'idée cinglée de nous détailler à longueur d'albums géniaux que les Gaulois furent ce qu'il raconte dans *Astérix*, il était bien le seul sur cette planète à en avoir cette perception. À ma connaissance, il n'y a jamais eu de porteurs de menhirs en Gaule craignant que le ciel leur tombe sur la tête, de bardes chantant faux et de légionnaires romains assommés à tire-larigot. Et quand il créa les personnages de *Lucky Luke* pour donner vie à l'Ouest américain, il crut fabuleusement en son délire. Goscinny fut bien le seul au monde à se figurer que les États-Unis furent peuplés de Dalton en costume rayé, de types parlant de coyotes à foies jaune et de Pieds-Tendres.

Tout grand auteur pense que le réel est ce qu'il voit sous sa voûte crânienne. Il ou elle auto légitime son regard en noircissant des pages.

Je te raconte tout cela, car tu t'interroges sans doute sur ta pauvre légitimité pour écrire et publier ton livre. Et bien justement, *écris ton livre*. Là est ta seule légitimité.

Écrire, c'est dire JE, même si tu gribouilles un roman de Science-Fiction ou un thriller, même si tu crois te dissimuler sous un narrateur imaginaire ou si tu fais usage, par commodité, d'une troisième personne.

« Écris ton livre »

Si tu écris sans avoir le courage d'être absolument toi, tu rateras ton livre et, ce qui est plus grave, tu rateras ton être. Ton livre convenable, impersonnel et flasque, deviendra alors l'horrible preuve que tu ne sais pas être toi, que tu louvoies bassement, que tu n'as pas ce cran-là.

Écrire sans faux-fuyant, à l'écart des postures confortables, est toujours un courage dans une époque qui n'honore pas assez ce mot. N'écris jamais un ouvrage qui porterait un masque, un roman qui ne serait pas toi à tous risques. Je dis bien *à tout risque*, quoi qu'il t'en coûte.

Un jour, j'ai reçu par la poste un excellent début de manuscrit. Une jeune Lilloise y relatait ses débuts dans la prostitution à

Paris, à quinze ans. Le premier chapitre détaillait les circonstances de sa première pipe tarifée. Difficile de faire plus sordide. Loin d'écrire sur l'horreur objective de la situation, elle avait consacré ce chapitre à sa peur de ne pas être à la hauteur, à sa terreur d'être dévalorisée si elle loupait la fellation appliquée qu'elle administrait à son client. Sa vérité profonde, au-delà des circonstances, était de ne pas être la hauteur. Cette auteure en herbe fouillait avec une extraordinaire force son très déroutant point de vue, sa névrose patente, son regard très éloigné du jugement social. Je ne sais pas ce que cette Lilloise est devenue mais je sais que, malgré son jeune âge, elle avait tout compris de l'écriture.

Jour après jour, fais évoluer ton sujet pour te l'approprier, jusqu'à ce qu'il soit RADICALEMENT de toi. As-tu bien lu ? J'ai écrit radicalement. J'entends que ton récit doit être vu par toi et toi seule, à travers le filtre de ta cervelle et de ton histoire inexpliquée, pas sous la surveillance des bien-pensants, de ta belle-mère douceâtre ou selon je ne sais qu'elle doxa. Ne crains pas le ridicule ni l'imbécile jugement d'autrui. *Être* extrêmement soi est la seule manière de rejoindre les autres. Écrire, c'est trouver le parfum de sa singularité pour permettre à autrui de le respirer. Tes futurs lecteurs ne pourront te comprendre et s'émouvoir de ton récit que si tu es très ferme dans tes points de vue.

« Sois extrêmement toi »

Lorsque j'ai écrit et publié le roman *Fanfan*, j'ai assumé ma radicalité de l'époque. Mon jeune héros y décide de faire la cour à la belle Fanfan, une fille-fruit, sans jamais l'embrasser pour ne vivre que le meilleur de l'amour, les préludes. Il entend échapper ainsi à l'usure des sentiments. Au troisième acte, ce forcené de la passion inextinguible remplace le miroir mural du studio de Fanfan par un miroir sans tain. Il décide alors de vivre de l'autre côté avec elle dans le studio contigu, sans qu'elle le sache. La situation peut paraître un peu dingo pour un esprit classique habitué à « conclure ». On ne manqua pas de me le rappeler. Sur le tournage de l'adaptation cinématographique, Sophie Marceau me fit observer en entrant dans le décor qu'il s'agissait d'une situation de voyeurisme caractérisé : toi, t'es un sacré pervers... me lâcha-t-elle. Me sentant nullement tordu mais bien romantique en diable, j'ai filmé les scènes avec elle et Vincent Perez sans voyeurisme aucun. Ce sont même les plus jolis passages du film, regardés avec fraicheur, car j'étais habité par ma foi inoxydable. Ils dansent tous deux avec légèreté de part et d'autre du miroir sans tain sur une musique jazzy, prennent même des bains ensemble de chaque côté du miroir. Le héros s'amuse comme un enfant d'aimer Fanfan jusqu'à la folie douce.

L'éditeur Charles-Henri Flammarion était même certain de l'échec du roman, au motif sans doute raisonnable mais atterrant qu'« aucun jeune d'aujourd'hui ne se comporte comme votre héros ». Je lui ai assuré qu'effectivement, aucun de mes amis ne faisait alors une cour éternelle à une fille. On a vu la suite... Les lectrices puis les spectatrices ont tranché.

L'année de mes vingt-quatre ans, j'étais probablement le seul auteur français à croire que la passion sans fin devait être vécue ainsi, sans embrasser. Je n'ai pas écrit le roman d'un autre, d'un élève de Normale-Sup ivre de pensées ou d'un critique aux idées momifiées mais un petit récit de moi, assumant ma niaiserie flamboyante avec délice, conforme à ma vision de la passion de la première jusqu'à la dernière ligne.

Fais de même, ma chérie.

Je te donne du ma chérie, car en cet instant je te regarde de façon paternelle. Je n'ai pas envie que tu composes avec le siècle, avec les imbéciles péremptoires que j'ai dû affronter.

Envoie paître l'univers, les diktats si vite périmés de la mode littéraire, les sachants de tous poils, le docte journal *Le Monde*, tous les donneurs de leçons qui passeront. Évite surtout ceux qui s'imaginent savoir ce qu'est ou ce que n'est pas La Littérature. Leur pensée standardisée est un piège. C'est Françoise Verny qui m'a appris cela. Elle ne se faisait aucune idée fixe de la littérature, ne s'enfermait dans aucun périmètre réduit sentant le renfermé. Cette immense éditrice ne goûtait qu'une chose : la folie des êtres.

Alors qu'elle était l'âme des Éditions Gallimard, j'apprends un soir qu'elle vient de passer l'après-midi avec Barbara Cartland, l'impératrice du roman à l'eau de rose. Je m'en étonne aussitôt :

— Qu'est-ce que tu as foutu avec cette dinde ? Tu veux la faire signer chez Gallimard ?

— Non chéri... Je voulais seulement comprendre pourquoi Cartland vend des centaines de millions d'exemplaires et pourquoi ses imitateurs n'en vendent que dix pour cent. Et ben j'ai compris.

— Quoi ?

Elle a passé l'après-midi à m'expliquer que l'alpha et l'oméga de la vie c'est d'être une infirmière qui se fait culbuter par un chirurgien. Sans sourire une seconde ! Elle y croit ! Ne crois que ça ! Sans la moindre ironie. Il n'y a pas une feuille de papier à cigarette entre cette conviction et elle. Cette Anglaise est dingue ! Géniale dans sa simplicité radicale !

Cultive ta dinguerie. La littérature est faite pour cela. Surtout si on te le reproche.

Verny avait raison.

Secret numéro 4

TROUVE UN « AMI-ÉDITEUR » POUR ACCOMPAGNER TES TRIBULATIONS LITTÉRAIRES

Par « ami-éditeur », j'entends non l'être intéressé qui fabriquera et commercialisera ton livre pour faire du chiffre, mais la personne d'une générosité folle qui aura la charge d'être le regard extérieur et qui, en cours de rédaction, te réveillera de ton somnambulisme.

Si tu ne disposes pas d'éditeur professionnel à tes côtés pour t'accompagner, trouve quelqu'un qui fasse office d'*éditeur*. Choisis dans ton entourage une personne de confiance qui t'aime. Ce regard tiers est essentiel. Quand on veut se battre avec les mots, la solitude est un foutu piège.

« Ce regard tiers est essentiel »

Au fil des versions, tout gratte-papier devient le somnambule de son rêve. C'est inévitable. À un moment, tu t'égareras dans ton texte à force de le remanier.

Ton « ami-éditeur » devra alors t'avertir avec tendresse s'il existe encore un écart entre ce que tu prétends écrire et ce que tu as effectivement rédigé. Mesurer cette distance en te cajolant est l'un de ses boulots.

Ton « ami-éditeur » devra s'adresser à toi avec amour, car tu seras alors d'une fragilité inouïe, du cristal littéraire. Pour reprendre mille fois ton ouvrage, tu auras besoin du kérosène de sa confiance, pas de coups de trique.

Ton « ami-éditeur » devra avoir du cœur vrai et le cœur intelligent. Éditer est un acte d'amour. Verny et Enthoven m'ont aimé comme je les aime.

Ton « ami-éditeur » devra avoir la passion vive de ta folie. Évite les maîtresses d'école férues de grammaire sèche ou les impuissants qui cherchent sournoisement à écrire à travers toi. Ce sont les pires « éditeurs ».

Identifie une nature qui aura la bonté de t'aider à aller vers toi-même.

Ton « ami-éditeur » devra, jour après jour, te demander d'affirmer ton point de vue bizarre sur tes scènes, tes paragraphes saugrenus et tes personnages uniques. Françoise Verny me restituait mes premiers manuscrits en entourant au feutre rouge les passages contestables. Dans la marge, elle me posait toujours la même question : « Est-ce que c'est de toi, chéri ? ». Galvanisé par sa rudoyante douceur, je repartais à l'assaut de mon sujet.

Secret numéro 5

ÉCRIRE, C'EST TRANSGRESSER

Peut-on tout écrire ? Au risque d'être jugé par les siens, banni par ses ennemis et carbonisé professionnellement ? Jusqu'où faut-il aller trop loin ?

Paul Éluard répond sans ambages : « Il faut toujours abuser de sa liberté ».

Soyons très clairs : écrire en appuyant sur la pédale du frein, c'est ne pas écrire. Écrire en tenant compte des préventions de son époux ou de ses moutards, c'est ne pas écrire. Écrire en respectant trop la loi du moment, c'est ne pas écrire. L'abus de jeunesse est recommandé.

Une grande romancière maître de son style ne doit être trop maîtresse de ses nerfs.

Si tu désires rester au bord de toi, fais autre chose. Il n'est pas indigne de jouer au Scrabble ou au badminton. Le macramé peut également procurer de belles satisfactions, tout comme la pâtisserie de haute volée.

« L'abus de jeunesse est recommandé »

Je te le répète à dessein : la littérature doit être l'endroit où tout se dit et s'écoute, surtout l'indicible et l'inaudible. Sois un merveilleux attentat contre la tranquillité des autres. Une écrivaine vivante doit être un inconfort stimulant, une intranquillité féconde pour le siècle, une femme-question, une empêcheuse de penser en rond. N'apprends pas à être modérée ou à transiger. Et la vieillesse ne te frôlera jamais.

Écrire, c'est empêcher l'époque de dormir.

Jusqu'où a-t-on le droit moral de réutiliser le matériau de sa vie réelle et, surtout, l'histoire personnelle des autres ? Un bon conseil, pille tout le monde avec délice. Si ton sujet le mérite, pratique l'indécence maximale, à fleur de peau, permets-toi toutes les impudeurs poignantes ou toutes les pudeurs dévoilantes. Le stylo en main, évite l'éthique convenable. N'aie pas ce gâtisme. La littérature n'a pas besoin de morale édifiante mais de vérité absolue. Une ligne géniale – qui restera – vaut plus que la réputation de tel lascar respectable ou telle matrone pudibonde qui passera. Écrire doit être un acte de grand banditisme.

« La littérature n'a pas besoin de morale édifiante mais de vérité absolue »

Sers d'abord la littérature, et elle seule. Elle est le siège de la liberté intégrale de notre espèce, afin que le psychisme humain comprimé par les usages, seroté par les religions et vissé par des lois de circonstance ait un lieu de grandes vacances. Les écrivains sont simplement des gens qui décadenassent, des praticiens de l'évasion impossible.

Quand on a l'orgueil d'écrire en femme libre, il est sain de choquer les placides, sain de provoquer la colère des déjà morts, sain d'être critiqué par des mous, sain de se comporter en forban des familles, en malotrue à gifler, louable d'être un pirate du cœur.

Et s'il te faut prendre des libertés avec l'exactitude pour mieux traiter ton sujet, transgresse la vérité des comptables, honore celle des poètes. Fais le choix du mentir-vrai. N'écris pas la vie, réécris-la toujours. Truque les faits historiques autant que nécessaires (Alexandre Dumas ne s'en est pas privé), colorie la grisaille des familles ou aggrave-la (impossible que la Folcoche de *Vipère au poing* ait été cette peau de vache à plein temps), enjolive la sinistrose officielle et réagence les événements en te rappelant que :

Honoré de Balzac a dépeint l'intégralité de la société française sans y avoir jamais mis les pieds puisqu'il passait ses journées à gratter du papier.

François-René de Chateaubriand a écrit des scènes inoubliables sur l'Amérique qu'il s'abstint de fréquenter. Quant à sa vision saisissante et digne d'Eisenstein de la retraite de Russie, notamment du passage de la Bérézina par les pontonniers qui se laissent geler dans le fleuve pour former des piliers de pont, elle n'est prodigieuse que par ce qu'il baratine. Il n'y était pas. Vive les fabulateurs de haut génie !

Stefan Zweig a écrit les biographies les plus délicieuses du monde en s'affranchissant des pesanteurs de l'exactitude ordinaire. Le Viennois de cœur était bien trop fécond pour s'enliser dans les faits ennuyeux. Pour mater son équipage, son Magellan a le génie stratégique qu'il n'eut sans doute jamais...

Pour dire le vrai, Romain Gary écrivit dans sa *Promesse de l'aube* que sa mère décédée pendant la guerre avait laissé des lettres adressées à lui, postées par un inconnu – sublime baliverne pour dire l'inaltérable réel de leur lien.

Quant à moi, puisque je me donne ici le droit d'afficher l'orgueil ridicule d'un écrivain respectable, j'ai un jour dynamité l'honneur de ma propre famille en publiant *Des gens très bien*. Ce petit livre effrayé, insoutenable pour les faux-culs gavés de dénis, est une somme d'interrogations sur les mécanismes psychiques de Jean Jardin, mon grand-père, directeur de cabinet de Pierre Laval d'avril 1942 à octobre 1943. Jean fut son bras droit et sa conscience – si le chef du gouvernement collabo en eut jamais. Ce livre coup de canon est peut-être le meilleur de mes textes, car il est inadmissible. Il enclenche inévitablement la mécanique de la polémique. Je l'ai différé jusqu'à mes quarante-six ans, l'âge de la disparition de mon père. Je le redoutais à raison. La moitié des miens m'a rayé du monde des vivants après sa publication. Ce livre m'a appris que c'est dans l'impensable enfin pensé que gît le meilleur de soi, que c'est l'impubliable qu'il faut justement publier. Les textes des infréquentables ont un parfum de liberté que les autres n'ont pas.

Et la littérature, après tout, n'est peut-être que la fiancée de la liberté.

Imagine donc, à ton tour, ce que serait le roman que tu prépares si tu te riais du regard de tes contemporains. Ce texte inassumable est celui que tu dois signer dès à présent. Gagne du temps, commence-le ce soir.

Secret numéro 6

DISTINGUE LE SUJET DE L'INTRIGUE

Je te le répète, passer à côté de son livre est misérable[5]. Or le risque est grand, en avançant dans ton travail d'écriture, de te laisser entraîner par l'intrigue et d'oublier de traiter le véritable sujet que porte, en filigrane, l'histoire qui te hante. Trop de romans (et de films ou de séries télévisées) ont une intrigue très efficace et pas de sujet. Ces récits sont prenants mais, en ne parlant de rien, ils glissent sur nous.

Combien de romans à suspense nous ont captivé sans qu'il en reste rien dans notre âme ? Comme ces séries télévisées qui nous obsèdent et qui, après sept saisons, ne nous

5 Je t'ai promis de te rudoyer...

ont initié à rien, ouvert à rien. Comme une drogue vaine.

Le sujet est ce dont tu parles en vérité à travers ton texte. Ton intrigue n'est que le récit qui met en scène ton sujet ; l'intrigue est la peau visible, le sujet les muscles. Mon roman *Française* a pour intrigue le roman vrai de notre société décomposée, de la crise sociale latente, et pour sujet la possibilité pour toute femme de vivre sans frein, sans obéir à son surmoi. Kelly, mon héroïne infernale, incarne un sujet universel et intemporel qui dépasse la peinture de notre société.

« Le sujet est ce dont tu parles en vérité »

Quand j'écris un livre, un album pour gamin ou un film, j'y jette toute ma vérité avec l'obsession de distinguer le sujet de l'intrigue. Le sujet est ce qui prend le cœur, l'intrigue ce qui captive l'intérêt. Cela n'a rien à voir, je te le répète.

Le sujet est ce dont je parle en profondeur, l'intrigue est ce que je donne à voir. Quand j'ai écrit *Des gens très bien* dont je viens de causer, j'ai évoqué crument la culpabilité de mon grand-père collabo, en responsabilité le jour de la rafle du Vel d'Hiv ; mais en réalité j'écrivais sur la possibilité de dire la vérité en famille. L'intrigue visible du livre parle de Vichy, le sujet dissimulé parle de la possibilité d'être intégralement vrai au sein d'une famille.

Le sujet est la raison d'être d'un texte, l'intrigue n'est que la somme des péripéties.

Le sujet parle à notre psyché, à nos souffrances les plus enfouies, l'intrigue n'est que la mise en action du sujet. Le sujet répond donc à un besoin très profond, intemporel ou une souffrance inévitable de l'être humain, l'intrigue à notre soif pascalienne de divertissement. Le sujet a forcément une dimension archétypale universelle, l'intrigue une dimension anecdotique.

Cyrano de Bergerac, par exemple, n'est pas l'histoire d'un type qui a un grand nez mais celle d'un homme qui, comme nous tous, a une beauté de cœur qui n'est pas vue par celle qu'il aime ; ce qui lui est intolérable. Quand il souffre, c'est nous qui souffrons. Quelle que soit l'époque et le lieu où nous respirons sur le globe.

Lorsque j'ai écrit *Le Zubial*, j'avais l'air d'écrire un livre sur mon père, c'était l'intrigue. En vérité j'écrivais sur la possibilité de vivre sans la peur, une aspiration archétypale qu'incarne mon père extravagant dans ce livre. Mes livres apparemment autobiographiques fonctionnent tous comme des romans car ils sont portés par un sujet. Les biographies de Stefan Zweig également. Son Marie-Antoinette ne parle pas de cette pétasse poudrée mais de la possibilité pour toute femme ordinaire de devenir extraordinaire lorsque les circonstances l'exigent ; ce qui est un immense sujet, bien plus intéressant que les états d'âme d'une midinette d'État.

Écrire sur un sujet est la seule chose importante. C'est la seule chose qui puisse mettre un texte à l'abri du temps et le rendre, peut-être, universel, intemporel. C'est par le sujet qu'un livre ou un film entre en contact avec la part secrète du lecteur à travers les siècles.

« Écrire sur un sujet est la seule chose importante »

Amuse-toi en revenant sur de très grands films pour distinguer le sujet de l'intrigue. Tu verras que *Le Parrain* de Francis Ford Coppola n'est pas un film sur la Mafia mais bien un chef-d'œuvre sur la famille. *Le Guépard* de Luchino Visconti ne parle pas de l'unité de l'Italie mais de l'illusion du temps qui passe sans passer (on garde en tête la voix de Burt Lancaster disant : « il faut que tout change pour que rien ne change »). Le génial *E. T.* de Steven Spielberg a pour intrigue l'arrivée sur notre terre d'un enfant extraterrestre oublié par ses parents et pour véritable sujet le monde de l'enfance dont il ne faut pas sortir pour conserver sa poésie. C'est pour cela que Coppola, Visconti et Spielberg sont intemporels. Ils n'ont rien à voir avec des fabricants de divertissements au diapason des modes. Ces gens-là traitent les grands sujets qui agitent la psyché du singe humain.

Imite ces grandes cervelles, traite avant tout le sujet caché sous ton intrigue.

Chose étrange, ce goût pour le sujet n'est pas venu de mes éditeurs qui y furent peu sensibles. L'intrigue apparente les passionna souvent. Je leur ai d'ailleurs assez peu parlé de l'ambition véritable de mes textes que j'espérais intemporels.

En publiant *Des gens très bien*, J. P. Enthoven, dit Dizzy, se figura que j'avais écrit un livre sur la France et Vichy ; et Verny pensa toujours que le succès de *Fanfan* était dû au fait que ce roman était sorti en pleine épidémie du Sida, dans un moment où, selon elle, l'effroi face au sexe mortel portait au romantisme et à l'abstinence. Elle ne perçut jamais, je le crois, que le rêve de mon héros le place parmi les personnages intemporels, comme Antigone. Je lui en ai parlé une fois succinctement. Elle grogna, vida son Scotch. Je n'ai pas insisté. Françoise me prit pour un mégalo ridicule.

Elle avait raison. J'étais effectivement mégalo avec mon rêve de littérature inoxydable, alors que mon pauvre style ne vaut pas celui d'un Morand électrique, d'un Gary flambard ou d'un Musset au firmament de la poésie. J'étais également tout à fait ridicule d'assurance.

Sois-le si tu veux écrire. Ce ridicule-là est fécond. Vise toujours au-dessus de tes moyens.

Secret numéro 7

CHOISIS L'ARCHÉTYPE QU'INCARNE LE HÉROS OU L'HÉROÏNE DE TON ROMAN

Trouve l'universalité de tes personnages principaux, fais en sorte qu'il y ait un peu du cœur de tes lectrices dans les sentiments de tes héros. Si tes personnages ne sont qu'eux-mêmes, des cas particuliers traversés par des envies ou des souffrances non universelles, ils ne pourront pas donner vie à un grand sujet.

Tout personnage fort doit incarner un archétype, un désir crucial une aspiration essentielle de la psyché humaine ou une souffrance inévitable par chacun d'entre nous.

« Tout personnage fort doit incarner un désir crucial ou une souffrance inévitable »

Dans mon roman *Le Petit sauvage*, que j'affectionne particulièrement, le héros s'aperçoit un beau jour qu'il est devenu un adulte indigne de l'enfant qu'il a été. Horrifié par cette prise de conscience, il décide de tout faire pour réveiller le petit garçon en lui. Tout le monde souffre d'avoir trahi ses rêves de gamin, de finir dans la peau d'une grande personne raisonnable et prévisible, inapte au jeu. Mon héros ne l'accepte pas, c'est ce qui fait de lui un héros mythologique. Il ne tolère pas l'extinction de sa vitalité créatrice, l'amoindrissement de sa capacité à faire de sa vie un jeu. Ce garçon en rébellion radicale contre le temps incarne une aspiration intemporelle qui le rend plus grand que lui. C'est ce qui m'émeut chez ce personnage de papier. Sa décision fait de lui le frère des hommes.

Dans mon roman *Française*, l'héroïne Kelly incarne la possibilité de dire sans ménagement ce qui se passe dans notre société, de clamer le vrai non-vu, l'impensé par la presse. Elle transgresse le *politically correct* du moment et démontre scène après scène que la liberté de parole est possible, même dans une culture aussi normée que la nôtre. Transgressive à souhait, Kelly symbolise tout ce que nous pourrions clamer et faire si nous étions libres comme des héros de roman. C'est cette charge symbolique qui permet d'admirer Kelly ou d'aimer la détester ; ce qui revient au même. Dès qu'un personnage de fiction ou réel endosse un archétype, il ou elle devient magnétique. Sa conduite interroge la nôtre, dérange notre vie.

Fais-moi plaisir, chère auteure en devenir, amuse-toi à repérer dans des romans classiques ou de grands films l'archétype que véhiculent les personnages principaux (*Madame Bovary, Lolita, La Princesse de Clèves*, que sais-je encore). Tu verras que tous valent plus qu'eux-mêmes, comme dans les pièces de William Shakespeare, le meilleur spécialiste des personnages archétypaux. Roméo, Iago, Falstaff, Othello, le roi Lear, Cassio, tous ces gens symbolisent un désir fondamental, une souffrance inévitable. Ils vivent pour qu'un morceau de moi et de toi vive pleinement sur cette terre.

Lorsqu'on a une âme assez ordinaire – comme moi – on peut en écrivant sur des personnages archétypaux se hisser vers l'extraordinaire.

Personnellement j'adore ça. Ma vanité y trouve son compte. Et puis cela me soulage de ma déception de n'être que moi, une blatte littéraire, un sous-produit de mes rêves, un pauvre type limité. Même pas un Pascal Jardin.

Secret numéro 8

ÉCRIRE, C'EST ÉCRIRE DES SCÈNES

J'ai vingt ans, je viens de rédiger mes premières pages de prose : un déluge de considérations fiévreuses sur la vie de Virgile, le héros de *Bille en Tête*, mon roman initial.

Fier de ce premier jet – c'est dire combien j'étais prétentieux, à gifler – je tends le paquet de feuilles à Verny qui cuve sa ration quotidienne de whisky. Mollement installée dans le fauteuil Club du bar en sous-sol du Pont-Royal, à un jet de pierre des Éditions Gallimard, elle lit d'une traite ma prose et, la paupière lourde, m'assène : « Chéri, le roman c'est des scènes, des scènes et des scènes. Tes opinions, on s'en fout. »

Sa voix est rauque, à la fois lasse et comminatoire. La condamnation est lapidaire, salutaire. Le freluquet que je suis vient de recevoir sa première grande leçon de littérature. Laconique mais peut-être la plus essentielle.

« Le roman c'est des scènes, des scènes et des scènes »

La nuque basse, j'encaisse cette fessée et repars sur mon scooter inventer… des scènes, des scènes et des scènes.

Ton verbiage inspiré au sujet de notre société bancale, de tes émotions sismiques et de la psychologie toxique de ta mère, on s'en cogne. Nous, tes lecteurs, n'aurons accès à ta pensée que par des scènes vivantes, espiègles, virevoltantes, touchantes. Oublie tes considérations poignantes, le déballage de ton mal-être ou l'exposé de tes souffrances phénoménales.

Ne raconte surtout pas tes émotions ou tes personnages, montre-les.

Un lecteur de roman est quelqu'un qui a payé un billet de première classe pour voyager, pas pour encaisser tes petites idées. Il ou elle veut voir les scènes, y être en avant-première, bien placé au balcon. Tu dois donc avoir la modestie – que je n'ai pas toujours eue, je le confesse – de ravaler le stock de tes considérations, tes armoires de regrets et l'incroyable volume de tes gémissements. Tu n'es pas là, devant ton clavier, pour faire une thérapie gratuite mais pour rédiger des scènes avec un début, une fin et un enjeu dramatique compréhensible. Ton héroïne va-t-elle liquider son violeur ? Saura-t-elle qui est son père ? Échappera-t-elle à la vengeance inique de sa sœur ? Etc.

Mais – et ma remarque est capitale – il y a deux types de scènes très différentes. Celles qui appartiennent à ce que je nomme « la littérature de chevalet », où l'auteure plante son chevalet pour peindre une action, et celles qui font partie de « la littérature d'entraînement ».

Tu n'écriras pas le même type de scènes si tu as un tempérament de peintre ou un caractère qui entraîne tes lecteurs dans une direction, une façon d'être, une liberté ou que sais-je encore. Gustave Flaubert ou Marguerite Duras peignent à la perfection en posant leur chevalet en Normandie ou en Asie humide. Ils n'espèrent pas engager leurs lecteurs dans une direction de vie, ils peignent. Dumas et Shakespeare, eux, aspirent dans l'action et proposent des façons d'être qui incitent à exister davantage. Ces deux types de littérature n'ont rien à voir. Elles n'obéissent pas à la même logique, à la même dynamique.

Ton serviteur n'écrit que pour entraîner, persuader, inciter, agrandir le cœur, faire enrager, catapulter vers l'audace et réveiller les tièdes. Mes scènes visent toutes à enrayer l'inertie, à décourager la mollesse d'âme, à railler les mornes habitudes. Mes scènes tentent d'être des injections de vitamines, même quand elles sont tragiques.

Comprends bien à quelle race d'écriveuse tu veux appartenir. Mais ne te leurre pas. Dans l'ensemble la critique te dézinguera si tu es du côté des incitateurs à vivre plus. Ces derniers se recrutent généralement parmi les impuissants et les couilles molles stylées. Ils et elles aiment modérément les filles et les types qui font de la publicité pour le courage et l'audace contagieuse.

En attendant la grêle de leurs reproches – si tu as l'honneur de faire partie de ma famille roborative – établis une liste d'auteurs et décide s'ils s'inscrivent, selon toi, dans la littérature de chevet ou la littérature d'entraînement. Sont-ils d'excellents peintres amorphes ou de puissants remontants ?

Secret numéro 9

GOINFRE-TOI DE VOCABULAIRE

As-tu stocké dans ton cerveau assez de vocabulaire pour traiter à la fois ton intrigue et ton sujet ? Les termes nécessaires pour l'un ne le sont pas forcément pour l'autre. *L'Antigone* de Jean Anouilh a besoin de mots pour affirmer sa pureté non négociable et de vocabulaire *ad hoc* pour décrire la situation politique à laquelle elle est confrontée dans la Grèce antique.

Démarre donc deux épais carnets de vocabulaire : un calepin dédié à l'expression de ton sujet, un autre pour exprimer au mieux ton intrigue et ciseler les émotions vives ou aquarellées de tes personnages.

« Un calepin dédié à ton sujet, un autre pour exprimer ton intrigue »

Je t'en supplie, échappe à l'horreur de l'à peu près, à l'expression flottante et flasque, à la pénurie de mots qui t'emprisonnera au lieu de libérer ta pensée.

Fouille le Littré avec ardeur pour examiner ses remarques d'usage dont tu auras grand besoin. Arme ton bateau de ses observations fines. Réapprends sans cesse le Français comme une langue étrangère. Écrire, c'est se conduire en tireur d'élite. Ligne après ligne, atteins ta cible émouvante.

Prends la décision salutaire de quitter l'enfermement de ton vocabulaire primitif, quitte cette prison exiguë et confortable. Il est très important que chacun de tes livres respire grâce son vocabulaire propre. Cela fait partie de l'énergie d'une œuvre, ce renouvellement incessant ! Mes petits romans ont bien des défauts mais ils ne sont pas tissés des mêmes mots. La confection varie, au fil des intrigues et des sujets. *Les Coloriés* – roman qui traite de l'enfance comme d'une culture à part entière – dispose d'un lexique particulier. Je me suis même amusé, puisqu'il est question de jeu, à forger une centaine de mots indispensables pour décrire ce petit peuple qui refuse obstinément l'âge adulte, l'*adultie*.

Élargis ton vocabulaire de manière compulsive. Écoute en podcast les virtuoses du verbe comme A. Finkielkraut sur France-Culture ; goinfre-toi d'audio-livres nutritifs ; inhale le vocabulaire ample des *Mémoires d'Outre-tombe* ; siphonne les entretiens d'André Malraux ; respire les philosophes vivaces (avec une prédilection pour les colériques, souvent athlètes du mot juste) ; écoute à tire-larigot sur YouTube les films dialogués par Michel Audiard, Sacha Guitry ou le génial Henri Jeanson, les princes du bon mot français.

Lorsque j'ai rédigé le roman *Joyeux Noël* dont l'action se déroule à l'île de Sein, à l'extrême pointe de la Bretagne houleuse, j'ai fait entrer dans ma cervelle un vocabulaire maritime surabondant et pas mal de mots pour décrire la véracité de cœur, l'authenticité déroutante, la transparence régénérante. J'ai également fait provision de tournures relatives à la colère, car il y beaucoup de fulminations dans ce volume emporté.

L'année de mes vingt ans, Verny m'a littéralement engueulé, au motif que je causais mal : « Chéri, tu barjaques comme un poste de télévision, ta pauvreté est désespérante ! ». Mon anorexie lexicale la scandalisait. Elle vitupérait le baccalauréat moderne, s'encollerait contre les profs fainéants qui produisent des élèves médiocres. C'est elle qui m'a refilé un vieux Littré, en maugréant.

Quand elle était bourrée, je lui récitais des listes de vocabulaire...

Sa rudesse requinquante me manque.

Secret numéro 10

FAIS UN PLAN POUR NE PAS LE RESPECTER

La dramaturgie est une politesse minimale que tu dois à ton lecteur. Ne t'avise surtout pas de te jeter dans l'écriture au fil de l'inspiration, l'incorrection a des limites. Tu n'es pas en thérapie gratuite, méfie-toi du bavardage. Ton lecteur a poliment réglé ton livre, tu lui dois son compte de palpitations. Or l'émotion ne jaillit pas à jet continu. Elle naît d'une dramaturgie surveillée qui conduit à un paroxysme espéré, toujours repoussé, constamment désiré. Le strip-tease a ses règles. Organiser ton récit, tourmenter la curiosité de ton lecteur, c'est lui permettre d'y participer. La dramaturgie rondement menée, c'est de l'érotisme.

Un plan, c'est quoi ? Une suite de scènes où l'action déclenche des émotions voulues, un enchaînement d'enjeux, un tumulte de questionnements. Chaque scène pose une nouvelle interrogation et répond partiellement aux questions antérieures. Étape par étape, on doit attendre quelque chose de succulent, une emmerde formidable, une joie sucrée, un coup de pied au cul des fripons...

« La dramaturgie, c'est de l'érotisme »

Le plan, c'est aussi une manière de ne pas trop diluer le sujet du livre en se laissant happer par l'intrigue haletante que l'on bâtit. Une façon également de ne pas te laisser écrire des pages que tu auras ensuite de la peine à cisailler, parce que tu es orgueilleuse. Normal, tu souhaites écrire.

La grande loi dramatique qui retient l'attention de tout être humain fut portée à son efficacité maximale par l'excellent Geroges Feydeau. Il s'agit de la fameuse *loi de l'emmerdement maximum*. Notre génial Feydeau aggrave sans cesse la situation dans laquelle il jette ses personnages. Si les malheureux hésitent entre deux options, il leur fera choisir la pire par principe. Cette règle dramatique tient encore en éveil les milliards de spectateurs des grandes séries télévisées. Les scénaristes américains, danois, piémontais, français, espagnols, slavisés, etc. l'observent tous.

Chaque fin de tes chapitres doit tourmenter davantage tes héros, de sorte que l'on ne puisse pas se retenir de tourner tes pages.

« Vive la loi de l'emmerdement maximum ! »

Naturellement, je n'ai pas toujours eu la sagesse de respecter cette loi infernale. J'ai donc parfois écrit des chapitres casse-pieds, sans enjeux, des digressions débiles. Ce qui est une impolitesse.

Mais tiens pour capital de connaître la fin de ton roman avant de l'écrire, car c'est la fin qui donnera son sens profond à ton livre.

Je crois très important de réinventer son sujet au troisième acte pour renouveler la curiosité du lecteur et la puissance de ton livre. Dans *Le Zèbre*, mon héroïne reçoit des lettres d'amour anonymes dans l'Acte I jusqu'à ce qu'elle comprenne qu'elles sont de son mari. Dans l'Acte II, démasqué, il s'efforce de la reséduire en direct pour retrouver l'émotion de leurs commencements ; et il y met une telle rage folle qu'elle finit par le quitter. Leur histoire semble terminée. J'ai alors eu l'idée de faire mourir d'amour mon Zèbre au début du troisième acte pour consacrer le dernier tiers du livre à une reconquête *post mortem* de sa femme. Du fond de sa tombe, il reprend sa reconquête en lui expédiant des lettres et en lui donnant des rendez-vous préparés avant son décès. Cela renouvelle le sujet de fond en comble puisque le héros plaisantin se révèle alors adepte de l'amour absolu, invincible par le temps. L'énergumène transi prend une dimension tragique qu'il n'avait pas dans les débuts du récit.

Travailler le plan agrandit ton projet, le pousse dans ses retranchements.

Mais – et c'est essentiel – quand tu passes à l'écriture, oublie ton plan ! Fais alors confiance à ton élan d'écrivaine, à ta jubilation impromptue. Libère-toi du corset de tes intentions, entre en poésie. On ne fait un plan avec sérieux que pour s'en débarrasser !

Secret numéro 11

À QUI ÉCRIT-ON QUAND ON ÉCRIT ?

Celle qui écrit s'adresse toujours à quelqu'un même si elle ne le sait pas. Tout roman est une lettre inconsciente, une lettre vitale envoyée à un destinataire mystérieux dont le livre, le plus souvent, ne fait pas mention. On n'écrit pas pour quelqu'un mais à quelqu'un : l'enfant en soi, son père manquant, sa mère obsédante, celle qu'on aurait aimé être, celle qui ose en soi, un frère mort, un aïeul essentiel, un professeur de son enfance, un mort logé dans son arbre généalogique, un enfant à naître, une part de soi, un ennemi coriace, qui sais-je encore.

« On n'écrit pas pour quelqu'un mais à quelqu'un »

Publier c'est s'adresser à quelqu'un que l'on cherche à atteindre, à convaincre, à choquer ou à séduire, à ne pas décevoir. Le véritable secret d'un livre est là : à qui l'auteure écrit quand elle écrit ?

Éclaircis cette question pour rendre ton livre plus puissant. Ne te trompe pas de destinataire. La couleur du style me semble directement liée.

On écrit toujours dans la langue susceptible de toucher la personne à qui on s'adresse. Le style n'est pas un effet décoratif mais bien la manière d'atteindre l'émotion de l'autre, et plus particulièrement la sensibilité de l'être à qui l'on s'adresse.

J'ai longtemps écrit dans un français qui aurait plu au Zubial, mon père mort l'été de mes quinze ans ; un style de droite, mi Blondin mi Morand mâtiné de Cecil Saint-Laurent alias Jacques Laurent, très Neuhoff teinté de Déon discutant avec Félicien Marceau, alors que je m'adressais autant à mon père qu'à Philippe Landrieu, le grand-père mythique de ma mère, l'homme de gauche qui administra longtemps le journal *L'Humanité* pour le compte de son ami Jean Jaurès. Mon arrière-grand-père fut un intime de Vladimir Ilitch Lénine et de Benito Mussolini, du temps qu'il était socialiste et qu'il partageait avec le Russe les faveurs d'une lingère parisienne qui se tapa le communisme et le fascisme. Des sales rêveurs, des hostiles au monde tel qu'il est, des très éduqués malgré tout, des stylistes accomplis. Une lettre à tous ces visages enfuis, ça donne le style *Des gens très bien*, celui de mes utopies comme l'*Île des Gauchers*.

Le Petit Sauvage est d'une autre facture, car il est tourné vers une femme qui m'avait alors réveillé, la belle Ariane qui jouait alors de tout. Mon style a sa fièvre de vie. Le livre a son inattendu, son andante, sa piraterie. Elle est morte à présent. Sa pulsation reste entre mes lignes.

Les Coloriés est un roman clairement écrit à mes parents, ces grands enfants ! On y tue le dernier adulte pour développer l'enfance comme une culture sur une île du Pacifique. Il s'agit d'une allégorie de ma propre enfance désordonnée où, croyez-moi, il n'y avait pas d'adultes brevetés. Je leur murmure à pleins chapitres que je peux vivre sans eux.

Imagine, future romancière, ce que deviendrait ton manuscrit en cours si ta lettre en forme de roman était envoyée à la bonne personne !

Secret numéro 12

POUR COMMENCER, ÉCRIS « LE MONSTRE »

Comment se jeter à l'eau ? Après avoir fignolé les scènes de ton plan et bien discerné le sujet de ton intrigue apparente, assieds-toi devant un clavier et écris d'une traite ce que mon père pressé appelait « le monstre » : un premier jet informe et maladroit, la glaise brute qu'il te faudra retravailler.

L'erreur de tout jeune écrivain est de juger le brouillon de son roman. Rodin ne jugeait pas ses blocs de marbre. C'est le pire des freins. Accepte longtemps d'écrire médiocrement pour que ton roman surgisse enfin dans sa forme aboutie. Cette frustration est une obligation, ravale ton orgueil.

Un écrivain, c'est un galérien qui accepte d'écrire mal pendant très longtemps, qui souffre terriblement de son incompétence mais qui ne cesse pas de s'y coller.

Écris vite « le monstre » sans t'évaluer (trop sévèrement) ! Appuie-toi sur la confiance de la personne qui fera office d'*éditeur*.

L'adversaire de tout auteure, c'est son narcissisme. Et je sais de quoi je parle. Tu as lu des Classiques, tu te compares soudain et... tu bloques ! N'oublie pas que Louis-Ferdinand Céline et Gustave Flaubert furent des forçats du retravail, des burineurs de premiers jets accablants de maladresse, pétris de lourdeurs. Ils l'ont avoué. Il est même essentiel que ton « monstre » soit rempli de balourdises, de débilités, d'outrances. C'est le signe que tu tentes des choses, que tu explores des voies difficiles.

Avant de m'immerger dans la rédaction du « monstre », j'attends cependant que mon roman existe dans mon cerveau, qu'il n'y ait plus qu'à l'écrire. Je bûche jusqu'à ce que ce monde existe pour de vrai, que mon histoire ne soit plus une construction mentale. Je la rumine jusqu'à ce qu'elle ait la densité d'un souvenir. J'y crois enfin. Je l'ai vécue. J'en ai été témoin.

Avant de rédiger le « monstre » de l'*Île des Gauchers*, j'avais publié un reportage très sérieux dans *Le Figaro* sur une île dédiée au tourisme des gauchers, située très au large de l'île de Ré dans un recoin négligé des cartes marines. Le journal reçut une pluie d'appels au standard. Les lecteurs du grand quotidien voulaient connaître les horaires des bacs, le numéro du syndicat d'initiative, les tarifs des hôtels où les portes et les robinets étaient montés à l'envers. Dans la masse du courrier, j'ai même reçu une lettre particulière. Un médecin de Tours voulut savoir si on y trouvait des call-girls gauchères faisant l'amour à l'envers. Tout le monde crut en mon canular littéraire. Le rédacteur en chef du moment me pria alors de cesser de publier dans ses pages des articles qui sapaient la crédibilité de son canard dit d'information. Je sus que j'étais prêt pour passer à l'écriture du « monstre ».

Je ne saurais trop te recommander ce genre de canular apparent. Imagine, par exemple, l'actualité du jour se passant dans ton roman, tes héros découvrant le journal de 20 h d'hier soir. Mêle le réel et la fiction dans ta tête, abolis la frontière entre les deux. Puis, ouvre ton ordinateur et... ne te juge pas !

Secret numéro 13

ÉCRIRE, C'EST RÉÉCRIRE POUR S'APPROPRIER CHAQUE PHRASE

Sortons d'un malentendu : réécrire n'est pas seulement améliorer la forme (corriger les erreurs grammaticales, retoucher des maladresses d'expression), c'est surtout affirmer son point de vue phrase après phrase.

La sincérité est une conquête lente qui s'opère en réécrivant sans cesse « le monstre » qui, même s'il vous paraît sensible, est en général une absence. Notre premier mouvement est rarement très personnel, quasiment jamais l'expression de nos émotions véritables, souvent inaudibles, inavouables. Pris dans les rets du siècle, nous en épousons d'abord les a priori simplets, les idées convenables, la décence crétine ; tout ce dont il faut te méfier, tout ce qui n'est pas toi et qui teinte l'être social que tu es.

Écrire, c'est donc réécrire laborieusement, de repentir en repentir, pour devenir propriétaire de chaque demi-phrase, de chaque attaque de scène, de chaque sentiment. Prépare-toi pour un voyage au long cours, au moins sept ou dix versions, sinon tu laisseras les autres écrire à travers toi. Pour donner l'illusion d'une plume à l'abandon, en écho avec ton âme, prends ce temps d'interrogation, de révision intime.

« Deviens propriétaire de chaque phrase »

Es-tu réellement présente dans chaque chapitre ? Est-ce véritablement ce que tu ressens, par-delà ce qui est acceptable par l'époque, tes beaux-parents, ton amant ?

Un paragraphe de ton « monstre » peut être superbe, si tu n'y es pas présent, s'il n'exprime pas radicalement ton opinion secrète sur la scène, jette-le aux orties.

Parfois, j'ai réécrit mes romans au moment du passage en édition Poche. *Mademoiselle Liberté* a deux fins différentes. J'étais absent de la première fin publiée chez Gallimard dans la collection blanche. J'ai finalement refusé la tragédie de cette fin, une facilité littéraire trop attendue, pour rédiger une autre chute, plus conforme à ce que je ressens avec optimisme. On la trouve dans l'édition Folio. Ne cesse jamais de t'approprier ton texte.

Amuse-toi à sculpter une phrase en la faisant passer par sept étapes, en étant à chaque fois plus personnelle, plus indécente, plus précise dans l'expression de tes sentiments inassumables. Tu verras que s'approprier son texte est un processus de fourmi.

Pour éviter que l'époque et ton milieu se faufilent dans ton style, fais la chasse méthodique à toutes les tournures qui ne t'appartiennent pas exclusivement. Fais-leur passer « le test du théâtre ». Dès que tu écris un qualificatif ou une expression, imagine que tu te trouves dans un théâtre face à mille personnes. Prononce le début de l'expression et entends ce que te répond la salle. Si ces mille spectateurs clament aussitôt la suite de ton expression... raye-la aussitôt, c'est qu'elle n'est pas de toi !

Dans la première édition du *Zèbre*, j'avais écrit pour décrire Camille, mon héroïne, qu'elle avait « la beauté du diable ». Il est évident que si je prononce devant mille personnes « elle avait la beauté du... » la salle répondra « du diable ! » sans hésiter.

À la seconde réédition, j'ai donc retiré « elle avait la beauté du diable ! » ainsi que des dizaines de pauvres tournures volées au siècle. Je crois que la version actuelle en Folio est à peu près nettoyée de ces facilités pitoyables.

Le crime, c'est toujours de n'être pas soi.

Secret numéro 14

COMMENT S'ÉCOULE LE TEMPS DANS TON TEXTE ?

Dans un roman d'imagination, la sensation de réalité vient de la façon dont le temps s'écoule. Un personnage, c'est du temps. Retouche ton texte en vérifiant le rythme de l'action que tu décris, la durée des événements qui chamboulent tes héros, la distance exacte qui les sépare d'un souvenir, tout ce qui les fixe dans la durée des choses. C'est l'écoulement du temps qui donne son relief à un personnage, sa troisième dimension. Sans notations relatives au temps, il restera aussi plat qu'un Egyptien gravé sur un tombeau antique. Le temps, c'est la substance de la vie.

Oblige-toi à une relecture consacrée exclusivement à ce point de vue. Ton héroïne trouvera alors sa chair véritable, sa profondeur.

« Un personnage, c'est du temps »

J'ai découvert ce secret très simple assez tardivement en écrivant *Le Roman des Jardin*, sous l'influence du très proustien J. P. Enthoven. Dizzy a un sens suraigu de cette question. Tous mes premiers romans sont donc faiblards de ce côté-là. Ils manquent cruellement de vérité.

Si je devais reprendre tous mes livres de jeunesse, c'est ce point fondamental que je corrigerais et améliorerais.

La vérité est toujours une affaire de dates. Quand je rédigeais *Des gens très bien*, j'étais obsédé par une question clef : mon grand-père Jean Jardin savait-il à Vichy que les Juifs déportés avec le concours actif de la police française allaient être exterminés ?

Tout dépend de la date. Sa culpabilité dépend des dates.

À partir de la mi-août 1942, il est techniquement impossible qu'il ne sache rien puisque la question est débattue avec nombre de ses interlocuteurs dont le président du Consistoire ainsi que les diplomates américains. Avant, sa position de défense est, à la limite, encore tenable, si on admet qu'il n'a pas interrogé nos services de renseignements de la préfecture de Paris qui est au courant de l'extermination massive depuis le mois de mai (voir le « Rapport Sadowski »). La vérité des choses est dans les dates.

Tes personnages n'existent que parce que le temps coule et vit à travers eux. Accorde-leur cette dimension ou ne m'écoute pas et consens à fabriquer des êtres en deux dimensions, irréels, des ectoplasmes.

Secret numéro 15

REMONTE TON ROMAN (OU TON PLAN) COMME SI C'ÉTAIT UN FILM

Tourner des longs-métrages a renforcé ma joie à parfaire le montage de mes romans et, surtout, m'a appris à ne pas croire un livre achevé avant que le montage ait été mille fois revu.

Déplace gaiement tes chapitres, inverse tes paragraphes, modifie tes attaques de chapitre. Tente des ellipses, des flash-backs, aie recours à tous les artifices du montage cinématographique. Amuse-toi avec des ciseaux. Sois audacieuse dans tes coupes.

Réalise au minimum trois montages de ton livre – ou de son plan – pour sentir quelle version sert le mieux ton sujet en musclant ton intrigue.

« Réalise au minimum trois montages »

Monter est un jeu de l'esprit, une façon jubilatoire de tirer le maximum de tes idées.

À vingt ans, j'ai appris à faire cela en remontant *Du côté de chez Swann* sans couper une ligne... avec une paire de ciseaux et un pot de glue ! Mes collages scandalisaient Verny, car je lui lisais à l'aveugle mes différentes versions et il lui arrivait de préférer mon montage à l'original. Ma prétention l'agaçait d'autant plus que je l'assumais avec délectation. Proust ne m'en a jamais voulu.

J'ai redécouvert ce plaisir à l'issue du tournage de *Fanfan* à vingt-six ans. Ma première monteuse, Joëlle Hache, a littéralement changé mon regard sur le roman, car la structure du film monté n'est pas du tout celle de scénario que j'avais écrit. À ses côtés, j'ai appris que la version tournée d'un film doit être meilleure que le scénario et que la version montée doit être supérieure à ce que l'on a tourné. L'invention ne doit jamais s'arrêter.

Pour nombre de mes romans, je dispose de versions montées très différentes des versions imprimées, des versions longues, des versions courtes, des versions plus « comédie » ou plus « tragique ».

Ne cesse jamais de t'interroger sur la meilleure façon de servir ton sujet.

Secret numéro 16

FAIS DES RELECTURES THÉMATIQUES (DE TON ROMAN OU DE TON PLAN)

Publier un livre encore améliorable est un scandale, une bassesse. Je te conseille, parce que j'ai la faiblesse de te vouloir du bien, de réviser ton livre en suivant un seul thème à la fois, de manière obsessive. Ton cerveau ne peut tout penser en même temps, tout vérifier. Concentre-toi, essaie d'échapper à la force hypnotique de ton récit.

Impose-toi un minimum de sept relectures thématiques. C'est fastidieux, je le sais, mais ton lecteur se fiche de ta flemme. Et imagine que je te rosse si tu faiblis, sans aucun ménagement.

« Sept relectures thématiques »

Relis uniquement *le traitement du sujet*, en négligeant l'intrigue. Est-il assez traité ?

Relis *la trajectoire de chaque personnage* et surtout leur fonction dans le récit. Est-elle assez précise ?

Surveille *le passé de tes héros*, les traces de leur passé saupoudrées dans ton récit. Viennent-ils d'un sirop encore présent ?

Révise *les attaques de tes chapitres ainsi que les chutes*. Rends-les jubilatoires, burlesques, inattendues, folâtres, puissantes ou choquantes. Ne laisse pas ton lecteur somnoler.

Vérifie *la stricte logique du récit*, que l'histoire fonctionne logiquement. Nous laissons toujours des erreurs techniques.

Assure-toi que *l'écoulement du temps* dans ton roman est efficace et très clair.

Contrôle *le suspense de ton histoire*. La loi de l'emmerdement maximum est-elle suffisamment appliquée ? Peux-tu tourmenter encore le destin sinueux de tes personnages ? Ne leur fiche jamais la paix.

Révise *tes élans*. Imites-tu correctement l'abandon ? Ton naturel est-il assez surveillé ?

Injecte dans tes héros *une bonne dose d'incohérence* pour les humaniser. Personne n'est conséquent.

Surveille un point capital : tous tes personnages doivent avoir raison selon leur point de vue. Un roman – comme un scénario – ne trouve son équilibre que lorsque chaque protagoniste a raison de se conduire comme il le fait, en écoutant sa logique propre.

Vérifie que *les méchants sont réussis*. Un roman vaut ce que le méchant vaut. Tout lecteur aime détester une merveilleuse crapule, un cynisme éclatant. Si possible, permets aux salauds de se délecter de leur ignominie. Leur jouissance sera la nôtre.

Assure-toi que l'*on rit assez dans ton livre*, surtout s'il est dramatique. La drôlerie est une politesse due à tout lecteur.

Essaye de *changer les prénoms des personnages* pour les renforcer.

Trouve d'excellents thèmes de révision supplémentaires, adaptés à l'univers de ton ouvrage. Mais l'essentiel reste de t'assurer que ton véritable sujet est bien traité, que tu ne t'es pas laissée avoir par ton intrigue en négligeant la raison d'être de ton livre !

Si c'est le cas, félicite-toi de t'en être aperçu... Et si tu ne t'en aperçois pas, sache que je te méprise froidement, autant que je le peux. Je quitte mon masque de cordialité. Tu n'es là que pour faire vivre un sujet !

Secret numéro 17

COUPE SANS PITIÉ

Ton livre peut être réussi et s'asphyxier sous le poids de ce que tu n'auras pas ôté. Sauve ton texte : coupe tout ce que tu peux couper ! Ne laisse que l'indispensable.

L'attention de ton lecteur est réduite. Tu n'as pas pour mission de tout dire mais de permettre à ton lecteur de se faire son roman. Réduis la voilure avec rage, sois économe, laisse-le remplir les blancs.

Élimine donc tout ce qui n'est pas radicalement de toi, tout ce qui ne porte pas expressément la marque de ta singularité, tout ce qui aurait pu être pensé et écrit par quelqu'un d'autre.

« Sois économe »

Bazarde surtout les passages sans émotion. La seule chose qui ne vieillira pas, c'est l'émotion que trimballe ton texte. Les idées vieillissent vite et ton livre va devoir vivre sans toi dans les siècles à venir.

Arrache enfin ce qui est prudent ; un livre prudent est un livre émasculé. Efface également tout ce qui ne concourt pas à l'expression de ton sujet.

Lorsque j'ai révisé *Le Roman des Jardin*, j'ai viré sans pitié tous les passages qui évoquaient les normaux de notre famille, parce que ce livre traite de la possibilité de vivre sans la peur dans une famille déréglée. J'ai donc évacué les normalisés, les petits-gris, les individus en proie à des pétoches banales. Oust ! Ils ont beau exister, leur place n'était pas dans les pages de ce livre.

Quand j'ai élagué *Les Nouveaux Amants*, j'ai liquidé avec fièvre les scènes trop calmes puisqu'il est question d'une femme qui donne accès à sa folie... Au début de l'écriture, les chapitres d'accalmie me semblaient nécessaires en contrepoint. Lourde erreur ! A la fosse d'aisance, ces épisodes sans passion !

L'attention du lecteur est trop difficile à garder pour m'égarer dans des considérations annexes au sujet.

Lorsque je me suis mis en devoir de dégraisser *Des gens très bien*, j'ai fini par oublier les chapitres spéculatifs prudents, trop soupesés. Ce n'est pas un livre d'Histoire, émotionnellement calibré, où l'on doit peser au trébuchet le moindre indice. Ce livre traite de l'irruption d'une vérité insoutenable dans une famille. Ces passages mous n'avaient pas leur place.

Coupe donc au maximum, puis relis huit jours plus tard. Si le gras ne manque pas, c'est que tu as eu raison d'alléger. Empêche-toi d'être complaisante. Si tu ne te sens pas l'âme d'une ratiboiseuse, demande à ton « éditeur » de couper à ta place ! Et écoute-la.

Secret numéro 18

DEMANDE LE MAXIMUM À TA CORRECTRICE

Peu d'écrivaines font un usage intelligent des correctrices des maisons d'édition. On les regardant trop souvent comme des maîtresses d'école, des gardiennes de l'orthodoxie langagière, des pisseuses-froid ennemies de tout écart où exulte l'émotion.

Mon père, écrivain de nature vilipendeuse, m'en avait dit pis que pendre. Il les regardait comme des castratrices sournoises, des revêches mariées avec la froide grammaire. Souvent, il leur adressait des lettres d'injures. L'une d'elle, qu'il jugeait acariâtre et à punir (l'impétrante s'était dressée contre sa syntaxe d'autodidacte), eut même le droit à l'envoi d'une call-girl dans les bras de son mari pour fragiliser leur couple... ce qui est excessif. En vérité, ce sont des auxiliaires précieuses. Elles ont tant à donner (elles, car il y a peu de mâles dans cette confrérie savante).

Leur boulot n'a rien à voir avec celui d'un « éditeur ». Ces ingénieures de la langue disposent d'un autre cerveau que le nôtre, des synapses qui les rendent capables de pénétrer dans un récit sans être captivées par l'histoire. Elles lisent déconnectées du sujet, sont capables de tourner des pages en ne surveillant que les fragilités de la langue.

Faire mauvais usage des correctrices, c'est leur demander de ne repérer que les fautes de grammaire, de syntaxe hasardeuse et d'orthographe (rassurez-vous, tout le monde oublie qu'il y deux « r » et deux « c » à occurrence).

En faire bon usage, c'est leur demander trois choses.

Des relectures thématiques. Ces créatures à sang froid sont meilleures que toi et moi car, professionnelles de l'attention, elles ont développé une distance exceptionnelle par rapport à un récit. Lors de la rédaction finale de l'*Île des Gauchers*, j'avais prié la mienne de vérifier la logique interne du récit (cohérence des dates citées, distance entre les lieux, évolution de l'âge des personnages, application des règles de l'île, chiffres cités) afin que cette utopie ait quelque vraisemblance. Mes fautes « techniques » se sont révélées innombrables et d'une rare sottise...

Prie-la de repérer tes tics de langage et les répétitions fâcheuses qui t'ont nécessairement échappées. Toute écrivaine en produit à foison (moi, par exemple, je fais un usage intensif et agaçant du mot débile).

Demande-lui de souligner les répétitions d'idées ou de descriptions. Il est impossible que tu n'en aies pas commis. J'en laisse hélas, et il est peu probable que je sois le seul négligent sur cette terre. Gomme ces lourdeurs, brosse ton texte en ayant soin de ne pas lasser ton pauvre lecteur.

Tu l'auras compris, mon père bondissant avait tort. Il n'aurait jamais dû poursuivre de sa vindicte inopportune ces créatures bienfaisantes. Si celle qui vit débarquer un soir une call-girl destinée à son époux lit ces lignes, je lui présente toutes les excuses des Jardin. Platement.

Secret numéro 19

LE BAROMÈTRE DE LA FIÈVRE

Comment savoir si l'on écrit avec vérité ? Fie-toi au baromètre de ta fièvre émotionnelle.

Quand tu écris, trouve ta fièvre. Il me paraît très peu probable que les grands écrivains n'aient pas joui comme des déments en écrivant remarquablement, en faisant une telle dépense de perfection.

Si, en face de ton clavier, tu rejoins ton authenticité, si tu percutes ta sincérité la plus secrète, si tu as la certitude d'être en train de dire la chose la plus importante au monde pour toi, je ne vois pas comment tu ne rencontrerais pas ta fièvre. Ta tristesse fiévreuse ! Ta joie fiévreuse !

Je ne parle pas ici de gaieté, ce sous-produit de la joie authentique, je parle ici de la Joie qui anima Bach ou Mozart lorsqu'ils composaient avec délire, Joie que nous entendons encore.

Si tu ressens cette joie quasi religieuse qui naît de la jouissance extrême d'écrire, sache que ta prose est dans le vrai. Même si tu écris sur un sujet triste, fais-le avec Joie, fiévreusement. Chateaubriand éprouve une fièvre flagrante à décrire les atrocités hideuses de la retraite de Russie. Molière n'est que pure fièvre d'écriture. Marivaux et Guitry atteignent une rare jubilation verbale qui soigne de tous les chagrins. Balzac, c'est de la fièvre pure en cent volumes, surtout lorsqu'il décrit des salopards de haut niveau. Le degré de crasse morale du Bel-Ami de Maupassant témoigne du plaisir absolu qu'il prit à peindre l'ignominie qui détruit le cœur des femmes. *Les Liaisons dangereuses* restent un sublime paquet de Joie perverse.

Le premières lignes que j'ai rédigées, à l'âge de quinze ans, dans la foulée du décès prématuré de mon père, furent une respiration de Joie alors que j'avais tenté de me noyer seule en Irlande. Oui, ça arrive à *Des gens très bien*. J'ai alors pris des notes frénétiques pour conserver les trop rares souvenirs qui me restaient de lui. Le malheur au ventre, j'ai compris avec fièvre que je pouvais encore rire avec lui grâce à un Bic. Le meilleur outil pour s'évader du réel.

Lorsque j'ai osé écrire *Française* et *Des gens très Bien*, me plaçant deux fois en rupture radicale avec mon milieu aveugle, ivre de sottise honteuse, j'ai littéralement joui. Dire le vrai quand règne le déni général procure une joie totale, une fièvre inarrêtable.

Interdis-toi d'écrire si cet exercice laborieux ne te procure pas de plaisir dément. Arrête net ! Et attends que monte en toi cette frénésie gratuite, l'ivresse du clavier, le frais bonheur de corriger le réel.

Jouis en écrivant. Jouis, jouis, jouis. Et si tu refuses obstinément de jouir, sache que tu me déçois[6].

---

6 Pardon pour ce jugement péremptoire... écris avec fièvre !

Secret numéro 20

COMMENT SAIT-ON QU'UN LIVRE EST ACHEVÉ ?

Sept critères (épuisants) me signalent que l'heure est venue d'abandonner mon livre à sa vie propre et de lui faire confiance pour l'éternité. Oui, je l'avoue, je suis toujours obsédé par ce rêve débile.

1- Lorsque j'ai écouté avec attention les avis nourrissants de mon éditeur et de mes proches en faisant taire mon vieil adversaire : mon ego. La sottise de l'orgueil, de l'auteur enfermé dans son prétendu génie, voilà le plus débile des pièges. Chateaubriand lui-même écoutait Joubert. Jules Verne écoutait Pierre-Jules Hetzel, son éditeur génial qui le rudoyait. Sois sûre de toi mais écoute.

2- Quand la joie de partager ton texte avec les autres devient plus grande que celle d'écrire. Fais-en alors une fête si extraordinaire que tu te foutras des critiques aigres, que tu seras invulnérable tant ta félicité sera grande.

3- Lorsque tu auras achevé toutes tes relectures thématiques fastidieuses.

4- Quand tu auras tout osé dans ton livre. À un moment, tu sentiras que la liberté de ton texte est poussée à son maximum, non pas parce qu'elle est extrême mais parce qu'elle est sans compromis minable. Tu auras alors la certitude apaisante que le risque que tu as couru en écrivant ce roman est bien pris.

5- Lorsque tu ne pourras plus rien couper, quand ton texte sera à l'os.

6- Quand tu ne pourras plus supporter de le relire.

7- Lorsque tu seras prête à ne plus en être l'auteure. Un livre publié est un livre qui n'est plus à soi, pour toujours. Il appartient à chaque lecteur. Un livre est une œuvre collective. Pour faire de grands livres, il faut de grands lecteurs.

DEUXIÈME PARTIE

SEPT IDÉES POUR ÉCRIRE MIEUX (OU MOINS MAL)

ÉCRIRE MIEUX, C'EST VIVRE PLUS

C'est accéder enfin à la face dissimulée de tes émotions, aux anfractuosités de tes sentiments. Place ce scrupule au cœur de ta vie. Sans recours aux nuances, nous restons des simplifications de nous-mêmes, nous escamotons l'énigme de notre être.

Ce n'est qu'à l'âge de vingt ans que j'ai commencé à identifier la complexité de mes sentiments, lorsque j'ai commencé à écrire sur des émois amples, à ciseler leurs contradictions.

L'auteure qui trouve le mot juste identifie ce qu'elle est en vérité. Elle sort du brouillard épais de sa vie interne et quitte un monde de silhouettes. Et puis écrire mieux, c'est aussi convaincre... ce qui est parfois délicieux.

Après avoir publié *L'Île des Gauchers*, j'ai reçu dans l'année qui suivit plus de cinq mille demandes d'immigration dans cette île imaginaire. Par la grâce du roman, j'étais parvenu à persuader mes lectrices de l'existence de cette société utopique où l'amour est une franche réussite, alors qu'en territoire droitier... j'avais indiqué à la fin du roman l'adresse de la Délégation Permanente des Gauchers auprès de l'OTAN, soi-disant sise à Bruxelles. Je reçus donc un beau jour un lourd carton de lettres de lecteurs qui voulaient s'assurer que la zone était sûre avant d'émigrer en couple ; carton qui était accompagné du courrier très officiel d'un général américain qui m'assurait que l'OTAN n'avait, en l'état actuel des traités, établi aucun accord de défense avec « L'Île des Gauchers » et que par conséquent les forces du traité de l'Atlantique nord ne pouvaient se porter garantes de la sécurité dudit lieu.

Voilà ce que permet l'écriture rondement menée... Berne ton monde avec des mots justes ! Hypnotise l'imagination d'autrui.

Idée numéro 1

Réécris tout

Réécris tout, absolument tout ! Avec une frénésie incomparable.

Notamment tout ce que tu griffonnes dans la vie courante. Ne publie plus tes pauvres posts, tes mails ou tes tweets tels quels, laisse-les reposer et réécris chaque phrase pour la faire tienne en passant outre ta pudeur étroite, en décapant ta fausseté. Fais de chaque mot l'occasion de glapir ta vérité.

Et puis réécris les classiques, surtout ceux qui t'impressionnent. Attrape un gros Flaubert et allège-le sans culpabilité, en forban. Coupe ce qui te paraît superflu. Corriger les génies fait indéniablement progresser. Rature-les sans complexe, en voyoute amusée. Tu ne découvriras le fonctionnement d'un chef-d'œuvre qu'en le triturant. On joue mieux au tennis avec des champions, en littérature c'est pareil. Joue plutôt avec les grands. Le respect excessif des classiques inhibe sottement. Affronte-les sans craindre le ridicule. Tout auteur doit s'exposer à ses ridicules avec entrain, les connaître, ne plus redouter aucune partie de soi. Les miens sont patents, je les accueille.

Réécris les classiques

Réécris également les publicités débiles que tu reçois par mail, les courriers administratifs dont on t'accable, les lettres atterrantes de rappel de PV... N'accepte plus les mots plats, inertes et sans émotion des autres ! Ne laisse plus à la vie imbécile le dernier mot.

Et à chaque ligne, pose-toi cette foutue question clef : suis-je présent dans ma phrase ? Est-elle réellement de moi, a-t-elle la couleur de mon cœur, s'accorde-t-elle à mon point de vue peut-être malséant ? Est-ce bien moi qui écris ? Ou ai-je laissé les autres écrire à travers ma plume avec platitude ?

Une phrase n'est pas bonne parce qu'elle est grammaticalement correcte mais parce qu'elle est juste émotionnellement. Tu ne transmets bien et durablement que ton émotion réelle.

Accepte le risque de déranger ceux que tu aimes en écrivant, en te dévoilant outrancièrement. Écrire reste une manière de défier la vie, de la débloquer, d'en découdre avec elle, pas de s'en protéger.

Conteste sans répit le langage trop sérieux des autres : les circulaires glacées de ton entreprise, l'idiome administratif sans chair, le déficit de poésie de la notice de ton Babyliss, tout. TOUT !

Idée numéro 2

Lis des textes très différents (plusieurs livres à la fois)

Brasser les langages est vital pour ne jamais enliser ton langage, afin de ne jamais calcifier ton style.

Nous commettons tous l'erreur – plus grave qu'il n'y parait – de lire des textes de même nature. Telle est une aficionado du polar, telle autre se gave de textes de psycho, telle n'avale que des thrillers à la forme bâclée, tel croupit dans la langue pâle des Éditions de Minuit, tel oublie de s'enfiler des rasades de François Rabelais, de se goinfrer des mots de Henri Barbusse malaxés dans les tranchées ou d'aimer San Antonio.

Élargis ton langage, déséduque-toi, perds tes pauvres réflexes verbaux, gobe les jurons merveilleux de la bande dessinée, fais rentrer dans ta langue les courants d'air de la poésie, les aphorismes secs de Cioran, la subtilité des lettres de la marquise de Sévigné en passant par les vers des poètes haïtiens.

Déséduque-toi

C'est en pratiquant une lecture abondante et surtout diversifiée que l'on s'améliore. « Lire trop » en tous sens est recommandé ! Fais une indigestion de livres bigarrés.

Idée numéro 3

Remonte les classiques

L'art du montage qui se pratique au cinéma peut aussi être appliqué aux textes classiques, aux volumes mal honorés... Écrire mieux c'est penser autrement ; ce que le montage, dans sa liberté inattendue, incite à faire.

Un remontage de *La Chartreuse de Parme* fera de toi une stendhalienne émérite. On ne connaît intimement un auteur génial qu'après avoir tenté de le bousculer.

Le fait que tu te sentes toute petite face à ces monstres ne doit pas t'intimider. Et si c'est le cas, remonte mes romans. Ne les respecte pas. Je t'en donne le droit, à vie. Et après ma mort, n'écoute pas mes héritiers.

Idée numéro 4

Fréquente « le Littré »

Étudie surtout ses remarques sur les nuances de notre langue. Le Littré est un dictionnaire à bouquiner, comme on lit un roman. C'est le plus exceptionnel roman de notre langue.

Sans cet ami bienveillant, tu ignoreras tout des subtilités retorses du Français.

Un exemple :

« *HAUT* : hautain, altier. Haut *exprime l'idée simple de l'"élévation morale" ; ce n'est que par abus que ce mot arrive à y mêler quelque idée de blâme. Il n'en est pas de même de hautain et d'altier, qui sont toujours un excès. Hautain désigne un "excès de hauteur d'âme qui se manifeste par les manières, par le langage" ; et c'est par là surtout qu'est blessant l'homme hautain. Au contraire, altier désigne un "excès de hauteur d'âme qui se manifeste surtout dans les sentiments, les passions, les volontés.* »

Autre clarification :

La république n'est pas la démocratie. La république est "la chose publique", et n'implique la forme du gouvernement que par un sens particulier. La démocratie, au contraire, exprime que c'est "le peuple entier qui a le gouvernement ou qui le confère à des magistrats de son choix élus pour un temps assez court".

Je te recommande ce site :

http://www.littre.org

Je te conseille également ce lien, très commode :

https://dictionnaires.u-cergy.fr/littre-nuances

Il rassemble les nuances qui séparent nos mots. Afin d'augmenter le plaisir du lecteur, les nuances ont été rapprochées par thèmes, pour composer une sorte de dictionnaire à potasser goulument.

Idée numéro 5

Mets des mots sur ce que tu vis

Y a-t-il un écart déplorable entre ce que tu vis et ce que tu sais en dire ? Un intervalle qui fait qu'on ne te voit pas vraiment ? Nous vivons sans mots, hélas.

Prends l'habitude d'écrire tes émotions, de les fouiller, de les traduire en termes précis. Tes émotions ne doivent plus rester nues, sans termes. Partage-les sur les réseaux sociaux, impose-les au monde.

Le 11 septembre 2011, nous avons tous été envahis par des images impensables sans mettre illico de mots sur ce que l'on voyait. Regarde les journaux de 20 h et cherche les mots justes qui correspondent à ce que tu perçois véritablement, les mots évités par les journalistes. Écris ce qui a été tu, remplis les silences.

Prends également l'habitude de mettre des mots saignants sur ce qui te paraît inavouable ; l'écriture commence par là, jaillit de là. Décris ce qui te semble indicible, très malséant : ta dernière masturbation secrète, ton visage cramoisi lorsque tu as menti éhontément la dernière fois, ta dernière mesquinerie vraiment pitoyable, etc. L'inavouable est un gisement de mots forts.

L'auteure en toi doit se sentir à l'aise pour évoquer ce qui te met affreusement mal à l'aise.

Idée numéro 6

Écris des carnets de vocabulaire thématiques

Réapprends au plus vite le Français comme une langue étrangère. Un bon carnet de vocabulaire est dédié à un thème, ne pas être un vrac de termes orphelins. Reconstruis patiemment ton vocabulaire affectif, amplifie-le !

En lisant, note surtout les mots qui permettent de murmurer tes émois compliqués ; c'est par là que notre écriture pêche le plus, dans la description subtile de nos sensations de basse intensité. Songe à tes affections molles, à tes colères trop calmées, à tes indignations électriques, examine en détail tous les séismes de ton cœur.

En vivant, sois très très attentive aux mots qu'emploient les gens et note-les ! Nous ne sommes pas assez aux aguets des mots qui circulent autour de nous.

Note tous les mots qui éveillent ta sincérité, qui touchent énormément ta vérité, tes mots pied d'appel. Retiens les mots qui ont la grâce de te choquer. Et par-dessus tout, collectionne les mots de l'amour, ces termes vitaux. Sans ce combustible, ton cœur n'ira pas loin.

Tout le reste n'est que littérature.

Idée numéro 7

Donne une histoire à tes livres

Acheter paisiblement des livres leur confère peu de valeur ; or on traite mal ce qui est sans valeur. Augmente considérablement le prix des ouvrages de ta bibliothèque en les associant à une anecdote délicieuse, une audace partagée ou en les piquant à tes amis. Ils auront le prix du risque que tu auras couru pour tes les procurer ou de l'anecdote vécue. Chacun aura une histoire particulière.

Quand on fait entrer un livre important dans notre vie, on doit trouver l'adjuvant narratif qui en fait un événement.

Un livre est la seule chose qu'il est moral de subtiliser à ceux que l'on aime, de dérober à ses parents, d'escamoter à son amant ; car cela en augmente la valeur. Si tu inventes des manières amusantes de les acheter (à Colin Maillard, au hasard, en laissant un bel homme le choisir à ta place, etc.), ils deviendront des souvenirs. Si tu te plies à cette discipline, tu prendras soin de ta bibliothèque. Tu l'aimeras, elle sera liée à des souvenirs palpitants. Elle t'aura coûté son poids de peur, d'imagination. Et si tu te fais prendre, plaide coupable devant le tribunal. Sois fière de ton tendre larcin.

Le plus excitant étant de se procurer des livres en couple avec imagination... Je vous recommande l'exercice, avant la lecture du soir dans les bras de son complice.

Se procurer des textes délicieux peut être un érotisme, une mise en scène.

TROISIÈME PARTIE

DEVIENS ÉCRIVAINE

Cultive en toi l'écrivaine

On peut écrire de nombreux livres et ne pas être écrivain. Écrire n'est pas une activité ou un sport, c'est une façon d'être soi.

Devenir écrivain, c'est jouir sans cesse de convertir en mots le réel, en chapitres et en dramaturgie. C'est choisir avec délectation de croire en soi plutôt que dans ce que l'on voit. C'est se donner le droit extraordinaire de corriger le réel. C'est cesser d'habiter le monde décevant.

Révolte-toi contre le scandale inouï du réel. On ne peut pas greffer cette façon d'être sur quelqu'un mais on peut tous apprendre à la cultiver.

Mes conseils te paraîtront peut-être absurdes. Si c'est le cas, je te le répète, flambe vite ce livre, récuse mes mots en les transformant en fumée. Et traite-moi de dément si cela te paraît juste.

Réécris ton journal

Chaque jour, achète un journal en version papier et réécris-le avec délice, biffe-le, contredis ses gros titres, raye le vocabulaire de ses colonnes qui ne te convient pas, révoque le point de vue de sa rédaction.

C'est plus qu'un jeu ; c'est un exercice de vitalité. Conteste le réel, ne lui laisse pas le dernier mot. Mets tes mots par-dessus ceux que l'on tente de t'imposer. Choisis ta manière de nommer les choses.

Trouve un sobriquet pour l'homme qui nous sert de président provisoire de la République, désigne à ta façon tel ou tel pays, renomme l'Amérique, débaptise telle ou telle capitale, impose ta vision, tes termes.

On ne devient écrivain que lorsqu'on choisit de renommer le monde, les sentiments d'une époque et les battements de son cœur.

Fortifie ton muscle romanesque

Entraîne-toi à repérer la part de romanesque qui loge dans la vie réelle. Quel sujet incarne tel passant ? Tel client usé du café que tu fréquentes pourrait-il faire un héros ?

À quel roman de renom appartient-il ou elle ? Ou à quel film ? Est-ce un figurant, un rôle premier ou secondaire ? Dans quelle histoire d'amour inavouable précipiteras-tu cette personne qui te fixe ? Invente-lui une enfance, prête-lui des passions inextinguibles, un lot de souffrances...

Refuse une vision plate de l'existence, laisse cela aux non-écrivains, aux lectrices de nouvelles ou aux hommes politiques.

Provoque des situations romanesques

Est-il décent de dépenser la totalité de ton imagination pour des personnages de fiction ? Tu mérites d'avoir ta part.

Autorise-toi de temps à autre à injecter dans ton quotidien une petite ration de romanesque. Suscite des scènes inattendues qui te permettront de sentir jusqu'où tu peux, dans un livre, donner des libertés à tes personnages sans écorner la vraisemblance.

Fais surgir du romanesque pour t'habituer à « faire tout oser » à tes personnages afin qu'ils échappent à une vie étriquée.

Dans les dîners, dis soudainement la vérité. C'est un formidable déclencheur de situations romanesques ! Ça ne coûte rien et permet d'observer les réactions de notre espèce avant de reprendre le stylo.

J'ai le souvenir d'avoir vu mon père, d'humeur coquine, annoncer à table à un mari distrait qu'il allait tout faire pour lui voler sa femme. Le type s'est esclaffé sans penser une seconde que le Zubial disait vrai. Il lui a d'ailleurs chapardé son épouse le soir-même. La dame dut être émue d'être ainsi prise à l'abordage, sous le nez d'un époux inattentif. À dix ans, j'ai alors compris que la réalité était bousculable, qu'elle n'était pas prévisible mais bien disponible pour le roman.

J'étais à bonne école. Pour écrire, pas pour vivre. Ma conception du romanesque s'en est trouvée agrandie, fortifiée, même si le sens moral de mon entourage me semblait peu solide.

Il y a quelques années déjà, j'avais eu l'idée d'offrir son parfum à une dame en lui proposant de le lui voler dans une boutique pour qu'il ait l'odeur du risque que je m'apprêtais à prendre pour ses yeux. Honnêteté oblige, mon idée était de passer la veille le régler dans le magasin en avertissant les vendeuses que, dès le lendemain, je repasserais simuler un vol pour les yeux d'une belle.

Je l'ai fait, en appliquant à la lettre mon projet. J'ai alors constaté combien une idée romanesque est plus amusante dans un livre que dans la réalité... La dame, épouvantée par ma conduite, me crut instable et me prit pour un cinglé. Elle se fâcha, décampa.

Cela m'a fait aimer davantage encore la littérature, ce monde où les femmes ne s'emportent pas de façon inopportune !

Se mettre en risque de manière inconsidérée

Se mettre en risque provoque une frousse irrépressible qui vous précipite illico dans un univers électrique qui stimule l'imagination.

Quand j'étais enfant, mon père glissait régulièrement des chèques en blanc entre les pages des bottins (il y en avait à l'époque) des cabines téléphoniques. À chaque fois, il me répétait avec enchantement : « Mon chéri, si quelqu'un trouve ce chèque en blanc et l'encaisse, nous sommes ruinés. Alors maintenant, vivons ! ».

Riche d'un risque immense, glacés par le péril, nous repartions avec l'âme de héros disposés à profiter de la vie. Nos dimanches en étaient illuminés. Nous vivions alors « comme dans un roman » d'aventure.

Gratuitement puisque personne n'encaissa jamais ces chèques. Les gens qui les ont trouvés ont dû penser que mon père avait fait opposition... ce qui, Dieu merci, n'était pas le cas !

Crois aux mots plus qu'au réel

On touche là à l'essentiel.

Il est possible d'écrire un livre sans croire que les mots sont le réel ; cela arrive à *Des gens très bien*. Ce sont des auteurs de rencontre, pas des écrivains. Les écrivains de fibre sont lucides, ils savent que les mots constituent la seule réalité durable. Ce qu'il est convenu d'appeler « le réel » s'envole avec le temps tandis que la littérature reste. Ce fripon de *Bel-Ami* naquit en 1885, on s'en souvient encore. Cette année-là, le chef du gouvernement de la France s'appelait Henri

Brisson, qui s'en souvient ? Au final, qui aura le plus existé, l'insupportable Bel-Ami né de Maupassant ou ce pauvre Brisson barbichu ?

Avec le temps, les mots finissent par donner chair au réel.

Tout le monde imagine aujourd'hui le Paris de Balzac tel qu'il l'a dépeint. « Le réel » est devenu le fruit de sa plume, alors que le brave Honoré ne connaissait à peu près rien de son temps. Drogué d'écriture, poursuivi par des créanciers sans talent, il grattait du papier de l'aube jusqu'au coucher du soleil. Ses mots ont pourtant façonné notre perception, car il croyait en eux jusqu'au délire ; ce qui est le début de la sagesse.

Qui peut aujourd'hui imaginer les Gaulois sans entendre les « par Toutatis ! » d'Astérix ? Les mots de Goscinny ont créé un imaginaire national farceur, réjouissant, insolent. Gaulois !

Chère apprentie écrivaine, fais comme ces dingos qui ont réussi leur coup : confonds la réalité et ce que tu écris, raille les mornes statisticiens, tiens pour des plaisantins les sociologues gris. L'imagination reste la plus belle façon de découvrir le réel, peut-être la plus profonde. Fie-toi à ton imaginaire.

Un jour que je déambulais sur le boulevard Saint-Germain à Paris et que je conversais au téléphone avec J.P. Enthoven, il voulut clore notre conversation au motif qu'il se trouvait sur une piste de ski au Chili. Sa fiancée parfaite l'attendait au bas des pistes. Je m'étonnai que le Chili fut sa destination de sports d'hiver, mais il raccrocha vite. Cheminant sur le boulevard, je l'aperçus alors surgissant à l'angle de la rue des Saint-Pères, sortant probablement de chez Grasset. Il me vit et, sans se démonter, fonça vers moi d'un pas élastique, serein. Au moment où j'allais lui faire observer qu'il s'était payé ma tête, Dizzy m'asséna avec assurance : « Mon cher Alexandre, si tu as plus foi en tes yeux qu'en ma parole, nous ne pouvons plus avoir de rapports de confiance ! ». Je suis resté coi.[7]

Dizzy ne plaisantait pas : il croyait réellement aux mots, que ces derniers sont des

---

7 Cette anecdote est bien entendu fausse mais j'adore la raconter. Elle contient plus de vérité sur l'étonnant Dizzy que les éléments – toujours contestables – de sa biographie réelle.

briques du réel et que les idées soutiennent le monde.

Aujourd'hui je sais que Dizzy avait raison. Crois aux mots que tu écris.Ils dureront plus que toi. Et tiens pour évident que je suis bien incapable d'appliquer tous les conseils que je viens de polir dans ce livre prétentieux. En vérité j'écris avec une sorte de joie hâtive et rageuse qui n'obéit à aucun principe. Peut-être les trésors du cœur ne jaillissent-ils sur nos pages blanches que par inadvertance en laissant courir la main sur le papier. Notre substance est si volatile... Convenons que c'est souvent en rédigeant n'importe quoi qu'un auteur commence à dire les choses importantes. En profitant d'un moment stagnant. Oublie donc toute méthode industrielle. Le paraffinage, le calibrage et l'empaquetage des citrons espagnols n'est sans doute pas le meilleur exemple à suivre pour qui croit en la littérature.

Un écrivain en forme, c'est un acrobate qui ne rate jamais le trapèze. Sait-on pourquoi ?

Fais de l'écriture le luxe de ta vie.

Notes

Notes

Notes

Notes

TABLE DES MATIÈRES

TROISIÈME PARTIE
DEVIENS ÉCRIVAINE

Achevé d'imprimer en mai 2021
sur les presses de
La Manufacture - Imprimeur – 52200 Langres
Tél. : (33) 325 845 892

N° imprimeur : 210515 - Dépôt légal : juin 2021
Imprimé en France